Lucretia

Hans Sachs

Hans Sachs

Tragedia von der Lucretia

Auß der beschreybung Livii, hat 1 actus und 10 person

Die personen in dieser tragedi.

Ehrnholdt.

Sextus.

Colatinus.

Lucretia, sein haußfraw.

Lucretius, ihr vatter.

Bublius Varius,
Junius Brutus, , die zwen freund.

Bott.

Haußknecht.

Ancilla, die magd.

Anno salutis 1527, am ersten tag Januarii.

DER EHRNHOLDT *tritt ein, neigt sich unnd spricht.*
    Heil und gnad, ihr ersamen herrn!
    Wir wöllen euch allhie zu ehrn
    Ein kurtz tragedi recedirn
    Und war histori allegirn,
    Die Valerius Maximus
    Schreibt, der-gleich Titus Livius,
    Die zwen römischen geschichtschreyber,
    Ein spiegel der züchtigen weyber.
    Lucretia, der frawen (hör!),
    Der Sextus zwang ihr weyblich ehr,
    Darinn sich die keusch fraw erstach,
    Als ihr vernemen werd hernach.

DER BOT.
    Gott grüß euch, ihr ersamen herrn!
    Ich bin geloffen her von ferrn.
    Wont nicht ein Römerin alda,
    Die heist mit nam Lucretia?
    Ist ein haußfraw Colatini.
    Der gab mir disen brieff an sie,
    Das ich ihr den gantz eylend brecht.

EHRNHOLDT.
    Ja, bötlein, du gehst eben recht.
    Diß ist das hauß Lucretie.
    Sich, dort sie auß ihr kamer geh!
    Secht, fraw! diß bötlein zu euch wolt.

LUCRETIA.
    Hab immer danck, du ehrnholdt!
    Mein bötlein, bringst du mir ein brieff?

BÖTLEIN.
    Von ewrem herren ich necht lieff,
    Bracht euch den brieff durch berg und thal.

LUCRETIA.
    Des hab er danck zu tauseut mal,
    Der aller-liebst gemahel mein!

Wie lang wil er nur von mir sein?
Hab dir dein lon zum nechsten mer!

HAUSSKNECHT.
Hört, fraw! es ist geritten her
Sextus, des königs eltster son;
Wolt geren herberg bey uns hon
Diese einige nacht allein.

LUCRETIA.
So geh! thu auff! laß in herein!
Eyl! verschaff alle ding gar recht!

HAUSSKNECHT.
Fraw, schaut, das ihr euch nit vergecht
An diesem gast als Helena,
Die Pariß auch herbergt alda,
Der sie füret auß Griechenlandt
Hin gehn Troya in laster, schandt!
Darauß entstund gar groß unrat.

LUCRETIA.
Es hat mit diesem gast kein not,
Dem ich fürwar kein arges traw.

SEXTUS.
Ach, edle wolgeborne fraw,
Die götter wöllen mit euch sein!
Auff gut vertraw kum ich herein.
Bit, wölt mich herbergen die nacht,
Wann ich nit weiter reiten mocht.
Ich wils verdienen umb ewren herrn.

LUCRETIA.
Gnediger herr, von hertzen gern.
Seid mir wilkumb! ich frew mich fast,
Das so ein ehrentreicher gast
Sol herbergen in meinem hauß.
Ancilla, eil und geh hinauß!
Bereit eilend das essen zu!

Setzt euch ein weyl und habet rhu,
Biß die malzeyt werd zu gericht!

SEXTUS.

Essen und trincken mag ich nicht.
Von schnellem reitten bin ich schwach.
Ich bit: last mich in ein gemach
Weisen, das ich ruh in eim beth!
Dann morgen vor der morgenröth
Muß ich von hinnen eilends wider.

LUCRETIA.

So geh hin, haußknecht! zünd ihm nider
In die geteffelten kemmat
An die wolgezirten bettstat!
Geh hin mit fleiß! hab gute acht!

SEXTUS.

Alde, alde, zu guter nacht!
Habt danck ewer weiblichen güte!

LUCRETIA.

Die götter wöllen ewr hütte!
Fraw Zithera wöl euch versorgen
Mit süssen schlaff biß an den morgen,
Biß die glantzende sunn auffbrech!

SEXTUS.

Fraw, der geleich auch euch geschech!
Nun geh voran, du guter knecht!

LUCRETIA.

Ancilla, lesch das fewer recht
Und sperr all thür gewarsam zu!
Schaw, das du auffstehst morgen fru!
Ich geh dahin, leg mich auch nider.

ANCILLA.

Gnediger herr, kumpt ihr herwider?
Mein fraw die ist hingangen schlaffn.

SEXTUS.

    Ich hab ein wenig bey dir zu schaffn
    Und bitt dich also fleyssigklich,
    Das du mich wöllest heimelich
    Führen in deiner frawen kamer.

ANCILLA.

    Awe, botz jammer uber jammer!
    Solt ich solchs thun an meiner frawen,
    Die mir so hertzlich thut vertrawen,
    Gleich wie fraw Isald ihrer Brangl?

SEXTUS.

    Ancilla, es bringt dir kein mangl.
    Dein fraw mir das vergünnet hat.
    Seh! hab dir die fünftzig ducat
    Und schweig still und führ mich mit dir!

ANCILLA.

    Gnediger herr, so geht mit mir!
    Da innen zu der rechten handt
    Da steht ihr bettstat an der wandt.
    Ich bitt euch drumb: melt mich nit da!

SEXTUS.

    Aller-schönste Lucretia,
    Wach auff! nimb mich an deinen arm!
    Durch grosse lieb dich mein erbarm,
    Die ich lang hab tragen zu dir!

LUCRETIA.

    Da bhüten mich die götter für!
    Wolt ihr das ubel an mir thon?

SEXTUS.

    Sehin! ich schenck dir tausent kron.
    Kehr dich zu mir, mein höchster hort!

LUCRETIA.

    Geht auß von mir! ich schrey das mort,

        Wölt ihr mich an mein ehren schwechn.

SEXTUS.
    Schweig oder ich will dich erstechn.
    Mach wenig wort und mich geweer!

LUCRETIA.
    Ich will bhalten mein weiblich ehr
    Und eh verlieren hie mein lebn.

SEXTUS.
    Lucretia, so merck darnebn!
    Dein knecht wirt auch von mir getödt,
    Zu dir geleget an dein bett,
    Samb hast dein ehe mit im gebrochn
    Und ich hab euch beide erstochn,
    Und sag, ich habs gemercket langst.

LUCRETIA.
    Ach Gott Apollo, mir ist angst.
    Soll ich leiden den bittern tod
    Und zu ewiger zeit den spot,
    Samb sey ich ein ehbrecherin?
    Ach, wo sol ich mich kehren hin?
    Ich wil eh thun nach deinem sagn,
    Mich nachmals der unschuld beklagn,
    Mir darumb setzen strenge buß.

ANCILLA.
    Erst mich ewigklich rewen muß,
    Das ich die untrew an ir thet,
    Seit sie an ehren ist so stät.
    Ich scheid dahin mit rew und klag.

HAUSSKNECHT.
    Ancilla, einen guten tag!
    Wo wilt du also frü hinnauß?

ANCILLA.
    Frag nit weiter! bleib du beim hauß!

LUCRETIA.

Ach weh meiner weiblichen ehrn!
Schickt bald ein boten zu meim herrn
Und bring du meinen vatter frumb,
Mein freund Publium Varium
Und der-gleich Junium Brutum
Und sprich zu iedem, das er kumb,
Wann ich sey in der letzten not!
O wie hat mich verlassen Got!
O Vesta, wie hast mich verlan,
Das ich ward Venus unterthan?
Nun verdreust mich auff erd zu lebn.

VATTER.

Tochter, was hat sich da begebn?
Was unfals ist dir zu gestanden?

LUCRETIA.

O weh, o weh der grossen schanden!
Des köngs son mich umb herberg bat.
Derselbig mich not-zwungen hat.
Mein zeug sey Jovis, der gerecht!
Wiewol mein leib hie ist geschmecht,
Ist hertz, gemüth doch blieben rein.
Der arg betroet mich allein,
Wolt mich und den haußknecht erstechn,
In zu mir legen und dann sprechn,
Er hab mich an dem ehbruch funden.
Das böß geschrey forcht ich zu stunden
Und verhenget dem argen man.
Seit ich aber kein zeugnuß han,
Die mir die warheit thut vergwisn,
So will ich durch mein blutvergisn
Anzeigen, das ich schand und spot
Geflohen hab und nicht den tod,
Den mir troet der arge man.

VATTER.

Nein, nein, tochter, das solt nicht than.
Des köngs son hat das zugericht

Von neid wegen und anderst nicht,
Umb das er dir der ehr nit gan,
So dir nachsaget iederman
Von anfang deiner zarten jugent,
Zucht, scham, demut und alle tugent
Für all frawen in Rohm, der stat.

BUBLIUS VARIUS.
Das weis auch wol der gantz senat
Und alles volck, dein keusche zir.
Ey thu so ubel nicht an dir!
Werst du schuldig an der geschieht,
Du liest es offenbaret nicht.
Junius Brutus, ists nicht war?

JUNIUS BRUTUS.
Ja, laß ab von solcher gefar
Und trag die schmach nur mit geduld!
Wir all wissen wol dein unschuld.
Und laß es nur gut sein alda!

COLATINUS.
Aller-liebste Lucretia,
Laß ab von dem fürnemen dein!
Du solt mir nicht unehrer sein.
Das dich der bößwicht hat bzwungen,
Ich glaub deiner warhaftn zungen.
Uns allen ist sein groß untrew
Aller-erst itzt nicht worden new.
Ich weiß: dein hertz, sin und gemüt,
Scham, zucht, ehr, trew und weiblich güt
An mir blieb stät als herter stahl.

LUCRETIA.
Colatine, lieber gemahel,
Wie möchst du willen zu mir han,
Wann du denckst, das ein frembder man
Dein schlaffbett vermackelt schmelich?
Und, mein vatter, wie möchst du mich
Doch immermehr frölig ansehen,

Wann du denckest, an mir geschehen
Ein solche lesterliche that?
Und ihr, mein freund, wiewol ihr hat
Ein glauben hie an meinen worten,
Wer entschuldigt mich ander orten
Bey den Römern und Römerin,
Bey den ich nun gantz ruchbar bin?
Ihr wolt mein leben mir erlengen,
Noch in mer schmach und nachred brengen.
Nimmer soll kein ehbrecherin
Lucretiam haben forthin
Zu einem exempel und spot.
Ich will weisen mit meinem tod,
Was mich zu dieser schmehen that
Genötet und bezwungen hat.

COLATINUS.

Mord uber mord! dir, Gott, ich klag,
Das ich erleb so traurig tag
An meinem tugenthafften weyb,
Das itzt ihr ehren-keuscher leyb
Sein trewes leben hat geend.
Verfluchet sey das regiment
Des tyrannen Tarquinium
Und seins verfluchten sons Sextum,
Der diesen mord hat zugericht!

VATTER.

Weh mir, das ich zu angesicht
Soll sehen tod mein fleisch und blut!
Des bleib ich traurig, ungemut.
Weh, weh, itzt ach und immermehr!

PUBLIUS.

Ach du höchster Gott Jupiter,
Wie magst das kleglich mord anschauen
An dieser aller-keuschten frawen
Von dem jungen mörder Sexto?
Ihr tod erbarmet mich also,
Das mein hertz möcht vor leid zerspringen.

JUNIUS BRUTUS.
 Nun, zu diesen ernstlichen dingen
 Dürff wir nit wein und seuftzen sencken
 Als die weyber, sonder bedencken,
 Wie wir ernstlichen rechen dort –
 Die schmach und das erbermlich mord
 An dem könig und seinem suhn,
 Das wir auß Rohm sie treiben thun
 Und alle, die ihn hangen an.
 Uns wird nachfolgen iederman,
 Seit das nicht besser ist Sextus,
 Dann sein vatter Tarquinius.
 Uns mannen ists ein grosse schand,
 Das diß weiblich bildt ist ermant.
 Die ist empflohen durch ihr end
 Dem tyrannischem regiment
 Und wir sind doch geheissen man,
 Lasn die tyrann mit uns umbgan
 Nach ihrm mutwillen, wie sie wöllen,
 Und unser keiner darff sich stellen,
 Als ob ihr tyranney in schmertz.
 Ich glaub, das die mennlichen hertz
 Sind in der weiber brüst gefarn.
 Ey, last uns auch der gleich gebarn,
 Als sey unehr, schand, boßheit, spot
 Auch mehr zu fürchten, dann der tod,
 Als diese edle Römerin!

BUBLIUS.
 Es düncket mich ein guter sin.
 Dieser gut rath docht ie nit besser.
 Ich schwer hie auff das blutig messer,
 Darmit die keusch sich hat erstochn,
 Das wir nit lassen ungerochn
 Die schmach und lesterlichen that
 An königlicher mayestat
 Und auch an Sexto, seinem suhn.

COLATINUS.
 Bey den göttern, das wöln wir thun.

Das schwer ich bey Martem, dem got,
Das ich will leyden auch den tod
Oder rechen die groß schmachheyt.

LUCRETIUS.
Bey Mars, dem gott, schwer ich ein eid
Und mich gentzlich zu euch verbind,
Auff das gerochen werd mein kind
An diesen lesterlichen mannen.
Meins alten leibs will ich nit schonen,
Will tragen mit euch all gefehr.

BRUTUS.
Deßgleichen ich auch zu euch schwer,
Zu rechen diese ubelthat.

COLATINUS.
Ihr trewen freund, nun gebet rath,
Wie man den handel fürbaß treib!

BRUTUS.
Ich rath, das wir den toden leib
Für als volck tragen auff den marck
Und erzelen die untrew arck,
Welche Tarquinius vorab
An seim schweher begangen hab,
Mördischer weiß sey könig worden,
Nachmals wie er hat lasen morden
In Rohm so manchen thewern man
On urteil, der nie böß hat than,
Allein das sie mißfallen hatten
An seinen tyrannischen thaten,
Als meim bruder geschehen ist
Und vil seiner untrew und list!
Will darnach dem volck zeigen an,
Was Sextus itzt auch hat gethan
Für schendtlich that an dieser frawen.
Wann alles volck das wird anschawen,
So will ich dann mit in rathschlagen,
Das sie das könglich gschlecht verjagen

Und auß ihn selb weeln an dem end
Ein erber löblich regiment
Und sich setzen in freyen stand;
Es zimb sich nit, das sunst iemand
Unrechten gwalt mit ihn thu ieben.
Solch mein rat wird dem volck dann lieben,
Das auch ein gros mißfallen hat
Der untrew, tück und ubelthat
An dem könig und seinem suhn.

COLATINUS.

Wolauff, so wöllen wir es thun,
Ob wir möchten die untrew wehrn.

EHRNHOLDT.

Nun secht an, ihr ersamen herrn!
Durch diese lesterliche that
Das römisch volck und der senat
Vertrieben köng Tarquinium
Mit seinem eltsten sohn Sextum,
Der zu Gabia ward erschlagen,
Als die historien thut sagen.
Also das könglich regiment
Zu Rohm nam also geling end.
Das von Romulo gstanden war
Zweyhundert vier und viertzig jar,
Also noch heut zu diesem tag
Unrechter gwalt nicht bleiben mag.
Wo er tyrannisiret nur,
Richt er an zwitracht und auffrur
Und geht zu drümmern an dem end.
Aber ein löblich regiment,
Gerecht, barmhertzig, milt, sanftmütig,
Ihrn unterthan trew, lind und gütig,
Fürsichtig, weiß, warhaft allzeit,
Da bleibt in frid land unde leut
Und bleibt gehorsam iederman,
Da handtieret, was ieder kan,
Das land nimbt zu an ehr und gut,
Wann Gott hat sie in seiner hut

Und verleicht ihn kraft, macht und sterck.
So spricht Hans Sachs von Nürembergk.